JN060526

［ジュニア版］

青空小学校いろいろ委員会9

小松原宏子

絵 あわい

環境委員(かんきょういいん)はもやもやする

ほるぷ出版

もくじ

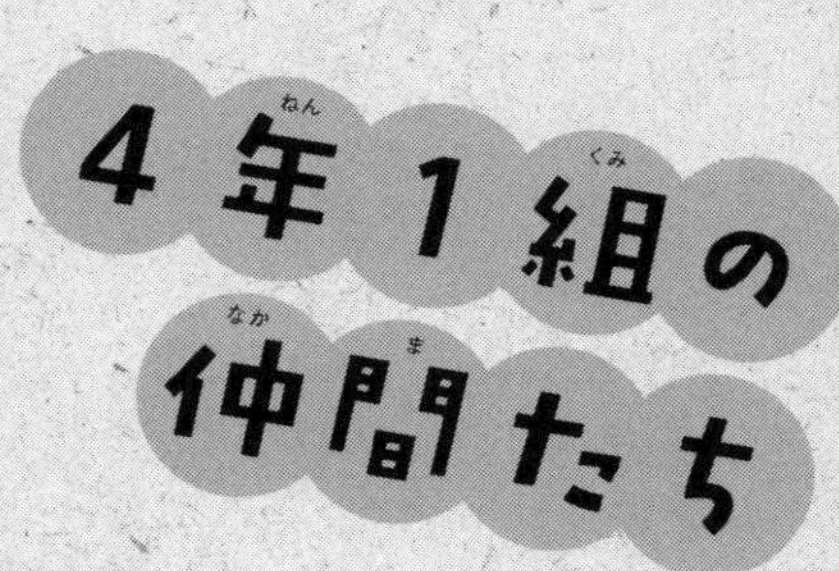

大山サエコ〈エコ〉

学校内の美化活動に取り組む「環境委員」。お花屋さんのむすめできれいずき。

マサオ

エコのおさななじみ。ふたごのヨシオとは正反対なせいかくでいつも机はぐちゃぐちゃ。

加藤アスカ〈アッピー〉

保健委員。体はちいさくても元気いっぱい！3年生のときから、たんにんの岡崎先生に恋をしている。

ヨシオ

2組にいるエコのおさななじみ。ふたごのマサオとは正反対なせいかくでしっかりしている。

山川チズコ〈ナビ子〉

学校行事の計画を担当する「計画委員」。運動会ではリレーのアンカーもこなす。

永山コウジ〈ピョンタ〉

放送委員。いつもみんなをわらわせてくれる、クラス一の人気者。芸能通でもある。

犬塚アキラ

飼育委員。いきもののことなら誰にも負けない、数々の伝説をもつ「いきもの博士」。

藤堂ルミ

給食委員。少女モデルでクラスのアイドル的存在。食べることが大すきでよく食べる。

本田シオリ〈ホン子〉

図書委員。記憶力が抜群で、図書室のどこになんの本があるのかも全部記憶している。

石丸ショウタ

学級委員。成績優秀で、中学受験宣言第一号。クールで、ふだんは無表情。

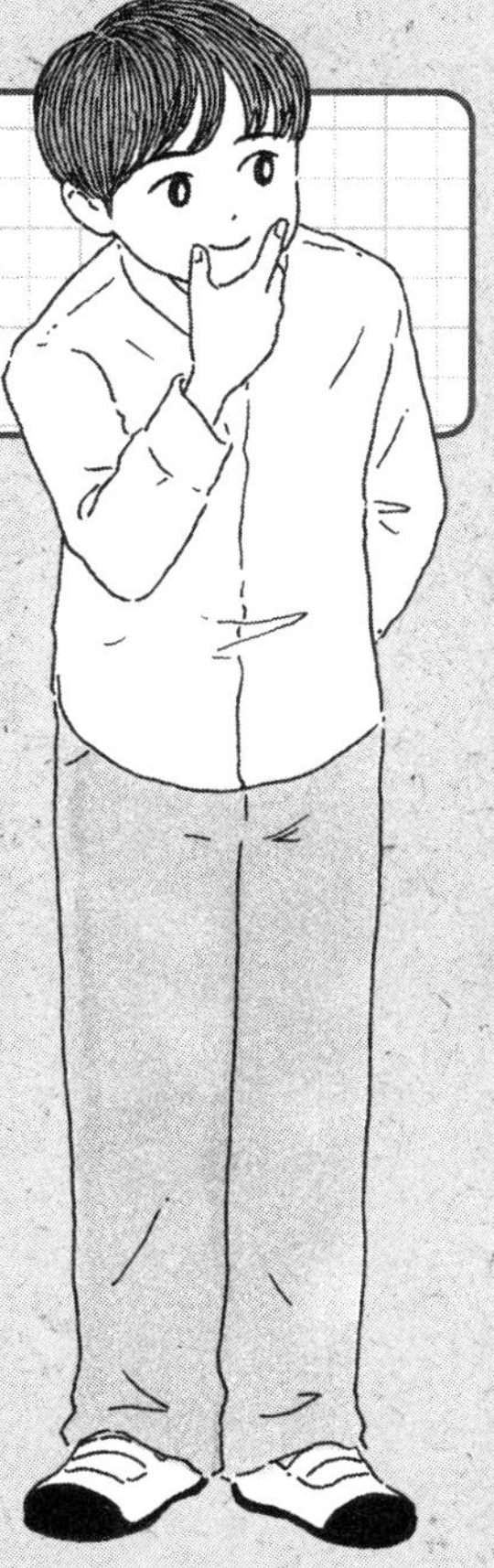

鈴木トモヒロ〈トモくん〉

体育委員。立候補したわりには、クラスの中でも体育はいちばん苦手と思われる。

岡崎純平先生

かっこよくてやさしい、4年1組のたんにんの先生。アッピーことアスカの片想いの恋人。

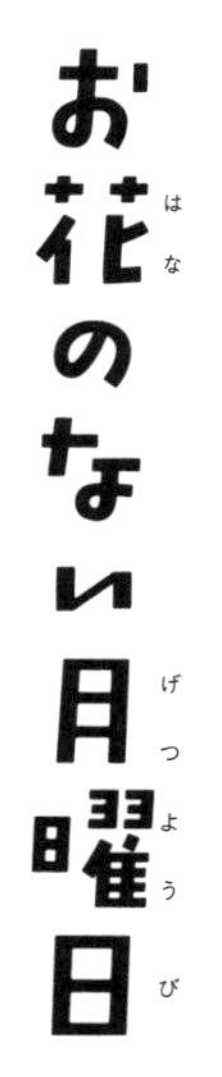

お花のない月曜日

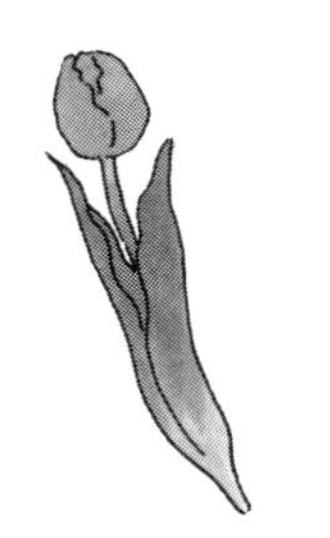

青空小学校の「環境コンクール」は、環境委員会がたんとうするイベントだ。はやい話が、「どのクラスの教室がいちばんきれいか」をきそうコンテスト。環境委員というのは、おもに学校の美化……つまり、せいけつや整理整とん……をたんとうする委員だからだ。

地味なコンクールだけど、青空小学校では、意外とこのイベントにみんなが燃える。なぜかというと、表彰されたクラスは青空商店街のミニコミ誌が取材に来て、そのようすが地元のケーブルテレビで放送されるからだ。

目立ちたがり屋のピョンタなどは、過去三年間、環境コンクールのときだけ先頭に立ってそうじにはげみ、そのたびにたんにんの先生から「ふだんからそのくらいがんばってくださいね」といわれていた。

もちろん、四年一組環境委員であるエコ――大山サエコ――もこのコンクールには、燃えに燃えている。環境コンクールの順位を決定するのにいちばん大きなポイントといわれているのが、環境委員による各教室の「清掃チェック」だからだ。

ちょうど、この前の環境委員会の時間に、清掃チェックのわりあてが決まったところだ。放課後、自分以外の学年の教室をまわって採点をする。床にゴミは落ちていないか、机はきちんと列がととのってならんでいるか、など、いくつかの項目に〇×のしるしをつけて評価するのだ。〇の多いクラスが、「せいけつチャンピオン」に選ばれ、環境コンクールで優勝すると校長先生から表彰してもらえる。

エコは、環境委員として、ほかのクラスの教室をしっかり点検しようと、はりきってもいたし、自分のクラスが点検されても、満点をとる自信があった。ゆいいつ問題があるとしたら、クラス一だらしない大沢マサオの存在だけど……。


マサオと、そのふたごのきょうだいヨシオの両方とおさななじみのエコは、一、二年生のときはヨシオと、三年になってからはマサオと同じクラス。しかも「大沢」と「大山」で、どちらといっしょになっても出席番号が近い。

このふたり、顔かたちはそっくりすぎるといっていいくらいそっくりだから、四年間どっちとも同じクラスのような気がすることもあるけれど、中身はヨシオとマサオでは大ちがい。ヨシオはなんでもきちんとしているけれど、

マサオはとにかく、なにをするにもやりっぱなしの出しっぱなし。

とはいえ、エコはマサオのあつかいにはなれている。ちいさいころはよくいじめられていたけれど、このごろはさすがにマサオもけったりぶったりはしてこないので、泣かされることもめったにない。むしろエコのほうが、かたづけをてつだったり、つぎの日の持ち物を教えてやったり、マサオのめんどうを見てやることのほうが多い。

マサオの身のまわりに目を光らせておきさえすれば、四年一組の教室はいつだってパーフェクトだ。環境コンクールだって、きっと優勝するにちがいない。

ところがある日、そんなエコの自信とやる気に水をさすようなできごとがあった。

「ねえ、来週はお花持ってこないほうがいいんじゃない？」

リリとヒカルにいわれて、エコは思わずかたまってしまった。

生花店のむすめであるエコは、去年までも、ときどきお店の花をもらって教室に持ってきていた。けれど、四年生になって環境委員に立候補してからは、ママにたのんで毎週お店の花をもらい、かならず先生の机にかざっている。

それだけではない。そうじ当番でなくても、黒板をきれいに水ぶきして、毎朝新品のようにしておくのも、机の列のみだれを気がつくたびに直すのも、ゴミが落ちていたらすぐにひろってすてるのも、みなエコがすすんでやっていることだ。

いつでもすっきりかたづいていて、ピカピカでせいけつな教室に、はなやかな花をかざることで、四年一組の教室はさいこうに気もちのいい環境になっている、というのがエコのじまんだ。

たんにんの岡崎純平先生も、クラスのみんなも、毎日きれいな花を見てよろこんでいるはずだ。それなのに、「持ってこないほうがいい」といわれて、エコはなんといっていいかわからず、だまりこんでしまった。

でも、エコが「どうして？」ときく前に、リリがいった。

「だって、来週、『環境コンクール』で清掃チェックがあるでしょ」

「？」という顔をしたエコを見て、ヒカルもいった。

「お花があったら、清掃チェックで減点されるかもしれないから」

花と清掃チェックとどういう関係があるんだろう、と思ったエコは、やっとの思いで、

「どうしてお花があったらいけないの？」

ときいた。するとふたりは、もっともらしく顔を見合わせてうなずいた。

「だって、花びらがちったり、葉っぱが落ちたりするかもしれないでしょ」

リリがそういうのをきいて、エコは、びっくりして目をみひらいた。そういうときに、いちはやくかたづけているのもエコだからだ。

ところが、追い打ちをかけるようにヒカルもいった。

「それに、お花って、最後はけっきょく生ゴミになるでしょ。造花ならいいけど」

たしかに、毎朝花びんの水をとりかえて世話をしても、週の終わりには花もかれたりしおれたりする。けれども、エコはいつだって一週間楽しませてくれたことに心のなかでお礼をいい、花たちとちゃんとお別れをするのだ。

「けっきょく生ゴミになる」なんていわれたくなかった。もちろん、じっさいにはふつうのゴミと同じように、ゴミ箱にはいることにはなるのだけど。

エコは、なにもいいかえせなかった。でも、もやもやした気もちがこみあげてくるのを、おさえることもできなかった。

つぎの週の月曜日の朝。

ママがいつものように、ちいさな花たばをつくってエコに持たせてくれた。

「はい、今週のお花。バラがきれいな季節になってきたからね。ぜいたくに、ダリアとの組み合わせ。すてきでしょ？」

ママは、お店でプレゼント用のブーケやアレンジメントをつくっているプロのフローリストだ。ちょっとした二、三本の花の組み合わせも、毎回いろいろなくふうをして、ごうかな花たばに負けないくらいすてきなものにしてくれる。

エコは、ママがつくってくれる花が、深緑色の黒板を背にしてうつくしく見えることを、いつもほこらしく思っている。そのためにも、はりきって毎朝ぞうきんで黒板をふくので、四年一組の黒板はつねにつくりたての新品のようにぴかぴかだ。

エコのママは、季節にあった花を、毎週いろいろなアレンジで持たせてくれる。今週はピンク系、その前はオレンジ系……青系のこともあればまっしろな花にちょこんと赤いリボンを結んでくれることもある。ママのつくる花は、クラスのみんなをあきさせることがない。なにもなければ、一年中同じ色の黒板で殺風景なはずの教室に、いつでもコップ一杯のちいさな四季が息づいている。

ところが、けさはちっとも気もちが引き立たない。ママがていねいにつくってくれるきれいな花が、「けっきょく生ゴミになる」といわれてしまったからだ。環境コンクールのじゃまになる、と思われていく花を持っていくのは気がすすまなかった。かといって、せっかくママが用意してくれた花を「いらない」とはいいたくない。

「ありがと」

エコは、いつものように花を持って家を出た。

でも、なんだか足がいつものように動かない。いつのまにか、登校班の列のいちばんうしろになってしまった。そして、とうとう立ち止まってしまったけれど、前を歩いている六年生の班長やほかの子どもたちは、そのことに気づいていなかった。

エコは、ほかのみんながどんどん遠ざかっていくのを見送りながら、しばらく道ばたに立ちつくしていたけれど、ふと、足もとにちいさなおじぞうさんがあることに気がついた。

どこかの家のへいの下をくりぬいたような四角い空間に、かわいいおじぞうさんが立っている。赤いよだれかけは色があせていて、前に立っている花立てもからっぽだけれど、おじぞうさんはなにも気にしていないようにおだやかな顔をしている。

その花立てに少し雨水がたまっているのを見て、エコは、持っていた花をさし入れた。

「あなたにあげるね」

そうささやくと、おじぞうさんがうれしそうな顔をした気がした。エコは少しほっとして、あわてて登校班のあとを追いかけた。班長にもほかの子にも、なにも気づかれなかったようだった。

「あれ、エコ、今日はお花ないの？」

教室にはいったとたん、大きな声できいてきたのは、エコの親友のアッ

ピーだ。

その声をきいて、クラスのみんなもふりかえった。

「あれ、ほんとだ」

「エコ、お花は？」

何人かから声があがった。

エコは、まっかになってだまりこんだ。なんと返事をしたらいいかわからない。「持ってきた」といっても「持ってこなかった」といってもうそになる気がする。

リリとヒカルがいるほうをちらっと見ると、ふたりは気まずそうにそっぽを向いた。

ちょうどそのとき、たんにんの岡崎先生がはいってきた。

先生は、みんながエコに「お花は？」といっているのをきいて、少しまゆをひそめた。

「みなさん、大山さんが毎週お花を持ってきてくれるのは、大山さんのおかあさんのご親切なんですよ。いただいて当然のように思ってはいけません」

岡崎先生は、きびしい声でそういったあと、ひといきついてから、にっこりわらった。

「でも、みなさんがいま、『お花がなくてさびしいなあ』と思ったとしたら、きっと、いつもお花があることのありがたさに気がついたことと思います。今週はお花がないようですが、そのぶん、いつも先生の机をかざってくれていたお花のことを思い、教室にお花があることの意味を考えてみましょう。うつくしいものをうつくしいと思う心こそ、とてもうつくしいのだと先生は思います。みんなにそういう心があることが、先生はうれしいです。毎週きれいなお花をつくってくださる大山さんのおかあさんや、それを持ってきて、毎日水をとりかえてくれている大山さんにも、とてもかんしゃしています。

いい機会だから、今日は、そういうことをじっくり考えてみてくださいね」

いちばんはじめに「お花ないの？」といったアッピーが、ひとりで拍手をした。岡崎先生に恋するアッピーは、先生がいうことならなんでもすてきに思えてしまう。そして、大きな声で、

「うん、ほんとうに、お花がないととってもさびしい！」

といった。

もともとそういう意味でのことばだったことも、親友のエコにはわかっている。だから、なんだかほっこりと、あたたかい気もちになった。

それでも、今週はお花を持たせてもらえなかったと思われていることが、ママにもうしわけなくなってきて、エコの気分はいまひとつ引き立たな

かった。

朝の会のあとの休み時間に、リリとヒカルがあやまりにきてくれた。

「エコ、ごめんね、こないだあんなこといっちゃって」

「わたしたち、造花のほうがいい、っていったわけじゃないの。お花、いつもとってもきれいだし、わたしたちもありがたいと思ってるの。ただ、今週は『環境コンクール』があるから、清掃チェックのときに少しでもちらかるものがないほうがいいと思って。そうすれば、ゴミもへるわけだし」

「今日、お花持ってこなかったのは、わたしたちのせいだよね。でも、こんどからまた持ってきてね。わたしたちもお花すきだから」

リリとヒカルがいっしょうけんめいにかわるがわるいうので、エコはえがおをつくって、やさしくいった。

「いいのいいの。ふたりとも『環境コンクール』のこと、考えてくれてるんだもんね」

エコがそういうのをきいて、リリもヒカルも、ほっとしたような顔で席にもどっていった。

これで、ふたりへのわだかまりはなくなった……と思う。

でも、エコはまだ、なんだかすっきりしなかった。胸のなかにもやもやが残っている。

三年生からの持ちあがりクラスである四年一組は、去年も三位に入賞したけれど、今年は五、六年をおさえて全校優勝する自信がある。なんといっても、環境委員エコがつねに教室の整理整とん、せいけつに目を光らせているからだ。どんなちいさなゴミも見のがさず、えんぴつの芯が落ちているだけでさっとひろい、教室から廊下に出るまでのあいだにも机の列を直し、ひまさえあればロッカーのうえをかたづけているエコ。

学級文庫の本だけは、図書委員ホン子の手でつねに順序よくきちんとならべられているけれど、それ以外の場所やモノは、ほぼエコひとりの努力でととのえられている。たんにんの岡崎先生の出る幕もないくらいだ。

ほんとうは、エコが環境委員に立候補したのは、きれいずきだからではなく、だれもやりたがらなかった委員に、親友アッピーひとりが手をあげているのを見てきのどくに思ったからだった。九つの委員のどれでもよかったのだけど、名まえが「サエコ」で呼び名が「エコ」だったから、「エコ＝環境?」という、かるいノリだった。

それでも、やりはじめたら、環境委員ほど自分にふさわしい仕事はない、と思えてきた。もともとかたづけやそうじがすきだったし、家が生花店であることもある。教室という「環境」をととのえ、うつくしくすることに、エコはやりがいとよろこびを感じるようになった。いまでは、ちょっとでも机の列がみだれると、授業中でも直したくなるほどだ（とくにマサオの）。

ママのお店の花を持ってきてかざるのも、去年まではたまに売れ残りをもらったときだけだったけれど、環境委員になってからは毎週月曜日の朝にかならず新しい花をもらってかざり、毎日水かえをしている。

……でも、けっきょくはゴミになるんだ……。

あやまりにきてくれたリリとヒカルも、「花はちらかるしゴミになる」という考えは変わらないようだった。

エコのもやもやは、消えないどころか、ますますふくらんでいくような気がしていた。

金崎さんのおばあさん

その日の帰り道、エコはいっしょに帰ってきたアッピーと別れてひとりになってから、おじぞうさんの前まで行って立ち止まった。

雨水につっこんだバラとダリアは、それでもまだ元気にそこでさいている。

「このお花、かえしてもらってもいい?」

エコは、ちいさな声でおじぞうさんに話しかけた。

おじぞうさんは、いっしゅん、残念そうに首をかしげたように見えた。でも、エコが「え?」と思ってまばたきしてからよく見直すと、いいよいいよ、というように、目をとじたままおだやかなほほえみをうかべている。

「ごめんね」

エコはそうつぶやきながら手をのばしたけれど、ふと、これをこのまま持って帰ったら、ママがあやしむだろうということに気がついた。

ママに、環境コンクールのことは話したくない。ううん、そのイベントのことは親たちもみんな知っているけれど、花がコンクールのじゃまになるといわれたことは絶対知られたくない。

エコは手をひっこめた。

「あのう、わるいけど、明日の朝まであずかってもらえますか？」

エコがささやくと、おじぞうさんは、やさしくうなずいた、と思われた。

「ありがとうございます」

ちいさい声でそういうと、エコは立ちあがり、せなかのランドセルをゆらしながら走って家に帰っていった。

つぎの朝、エコはまた登校班の列のいちばんうしろにならんだ。学校に行くとちゅうで花をとりかえし、教室に持っていこうと思ったのだ。ところが、おじぞうさんの前まで来たとき、エコは思わず目をみはった。

きのうは雨水がたまっていただけの花立てに、だれかがなみなみと新しい水を入れたらしい。ついでにそうじもしたらしく、きのうはなんだかほこりっぽかったおじぞうさんの居場所が、ぴかぴかと気もちよく朝日に光っている。心なしか、花もきのうより元気で、花びらのはりがいいような気がする。

エコはしばらくそこに立ちつくしていたけれど、登校班のみんなが遠ざかっていくことに気がついて、あわててしゃがみこみ、花立てから花をぬこうとした。

　ところが、そのとき、うしろから声がした。

「なにをしているの？」

　ふりむくと、見知らぬおばあさん、いや、おばあさんが立ってこっちを見ている。

　エコは、まっかになって立ちあがった。

　すると、おばあさんは、近づいてきて、少しやさしい声でいった。

「お花、きれいでしょ。きのう、だれかがそなえてくれたみたい。あっ、もしかして、おがんでくれてたのかな？」

　エコがもじもじしていると、どこかから、（そういうことにしておきなさい）という声がきこえた。ふとおじぞうさんを見下ろすと、目をとじたままほほえんでいる。

　すると、おばあさんは、エコがなにもいわないうちから、にっこりわらっ

てうなずいた。

「ときどき立ち止まってながめていく子はいるけどね、あなたみたいにちゃんとしゃがんで手を合わせてくれるひとはなかなかいないのよね。

このおじぞうさん、わたしがこの家に嫁に来る前からずっとここにあるんだけど、息子が、そろそろぜんぶとりこわして新しい家建てようっていってるの。だから、これがここにあるのもいまのうちなの。よく見ていってね」

それから、おばあさんは、ちいさくため息をついた。

「もう、先代もうちの夫もなくなって、わたししか手入れするひとがいないしね。わたしだってもうトシだから、このごろはあんまりまめにそうじもできないのよ。

それにしても、いままでだれも見向きもしなかったのに、なくなることになったとたんにお花をそなえてもらったり、おがんでもらえたりするなんてねえ。まあ、おじぞうさんもよろこんでることでしょうよ。
わたしも、なんだか、最後だけでも大事にしなきゃ、っていう気になって、朝からきれいにしちゃったわ。またときどき見てやってね。これがここにあるあいだだけでも。わたしもこれからは、なるべくお花きらさないようにするから」

エコは、なんといっていいかわからず、だまってぺこりとおじぎをした。

おばあさんは、うれしそうにわらうと、

「じゃあね。いってらっしゃい」

といって、家の門をおしあけた。けれど、中にはいる前に、一歩もどってきて、「金崎」と書いてある表札をゆびさした。

「かなさき、って読むの。また学校の行き帰りに会えたらいいわね」

金崎さんは家の中にはいっていき、エコは登校班のみんなに追いつけるよう、走って学校に向かっていった。

その日は教室にお花がない日の二日目になってしまったけれど、エコは、前の日ほど暗い気もちではなくなっていた。

「やっぱりお花がないとさびしいなあ」

という声もきこえてきたし、おじぞうさんの前に置いてきた花が金崎さんのおばあさんによろこばれたこともうれしかった（たぶん、おじぞうさんにも）。

……今日、帰ったらママにたのんで、もう一回お花をもらおう。

そう思ったら、気もちが明るくなってきて、黒板の前の花を頭のなかに思いうかべただけで、なんだかしあわせな気分になってしまった。

ところが、夜、ママに花のことを切り出そうと思ったとたん、またほろにがいものがのどもとにあがってきた。きのう、学校に花を持っていかなかった理由を思い出してしまったのだ。

……やっぱりお花はさき終わったらただの生ゴミ？

しおれたお花は、ただのきたないものなのかな……。

花がなくてがっかりしていたクラスメイトや、花をそなえてもらってよろこんでいた金崎さんの顔を思い出して自分を元気づけようと思うのだけど、うまくいかない。リリとヒカルの「ちらかるものがないほうがいいと思って」

ということばが、のどにひっかかった魚の骨のように、ちくちくとエコの心をさしてくる。

けっきょく、エコは、ママに花をお願いするのをやめてしまった。

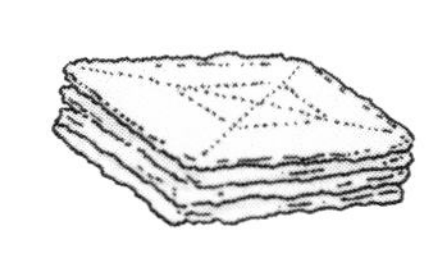

清掃チェック

つぎの日の朝、エコはもう登校班からおくれることはなかったけれど、やっぱり列のうしろのほうを歩いていた。

すると、おじぞうさんの前で、金崎さんのおばあさんが立ってこちらに手をふってるのが見えた。前のほうを歩いている子どもたちが、その視線の先を追って、エコのほうをふりかえった。

低学年も高学年も、くちぐちに、

「あのひと、だれ?」

「エコちゃんの知り合い？」
「大山さん、知ってる人？」
ときくので、エコはちょっとはずかしくなりながらも、うん、とうなずいた。

……名まえもきいたし……まあ、知り合いだよね……。

金崎さんはどうやらエコがとおるのをまっていたらしい。でも、その前に家のまわりをそうじして水をまいたらしく、おじぞうさんもみがきあげられてピカピカしている。

エコがさした花も、新しい水をもらって元気にしていた。エコは、なんだかうれしくなって、手をふりかえした。

エコは、おじぞうさんの前をとおりすぎたあとも、何度もふりかえりながら、みんなのうしろから学校への道を元気よく歩いていった。

さて、清掃週間も三日目となり、いよいよエコにも清掃チェックの当番がまわってきた。

三年生まではクラス委員がいないので、四年生から六年生までの環境委員が学校すべての教室をたんとうすることになる。コンクール初日の月曜日と、二日目の火曜日は、五年生と六年生の環境委員たちが各教室をチェックしてまわった。三日目は六年生と四年生、四日目は五年生と四年生、そして、五日目は三学年の環境委員全員で全教室をチェックする。

三年生まではチェックされるだけだったけれど、四年生、しかも環境委員になったいまは、チェックするほうの立場になった。エコは、ボードにはさんだチェック表の項目をあながあくほどじっと見つめた。

①床にゴミが落ちていないか。
②黒板はきれいに消されているか。
③黒板の粉受けにチョークの粉が落ちていないか。
④机の列はまっすぐになっているか。
⑤イスはきちんと机の下にはいっているか。
⑥ロッカーの上によけいなものが置かれていないか。
⑦けいじ物がやぶれたりはがれたりしていないか。
⑧学級文庫の本はきちんと立ててならべられているか。
⑨ゴミ箱がいっぱいになったりあふれたりしていないか。

エコは最後まで読み終わると、ほっとちいさく息をついた。これなら、四年一組の教室はだいじょうぶ。どの項目もぜんぶ○に決まっている。

これから環境委員としてほかの学年の教室をまわらなければならないのだけど、チェックすることより、されることのほうが気になってしまう。

ほかの環境委員たちも同じ気もちらしく、とくに、今日はじめて当番になる四年生たちは、エコもふくめて、みんななんだか落ち着かないようすでボードに見入っている。

そんな雰囲気を感じとったのか、六年生の環境委員長である福田マキさんが、やさしい口調でチェックのしかたを教えてくれた。

「四年生の三人は、今日がはじめての当番ですね。いまからやりかたをせつめいします。一組・二組・三組の環境委員三人で、四年生以外の教室をまわってください。今日は、一年生と二年生の教室をお願いします。それぞれ三組ずつありますから、あわせて六つの教室を三人でまわります。

そのとき、おたがいに相談しないで、ひとりひとり、九つの項目に○×をつけてください。

同じ教室を三人でチェックしたあと、おたがいの評価を見せ合います。そして、○がふたり以上の項目は○、×がふたり以上の項目は×として、そのクラスの総合評価をつくります。

六クラスぜんぶの評価をつけ終わったら、係の山田先生にわたしてください。それで今日のお仕事は終わりです」

ひとりひとクラスじゃないことがわかって、三人ともほっとした顔になった。エコは、四年二組の環境委員の前川さん、三組の環境委員の久保くんとうなずきあうと、そろって一年一組の教室にはいっていった。

自分ひとりで評価を決めるわけではないと思うと、少し気がらくになり、エコはすいすいと○×をつけていった。

ところが、一年生の三クラスを見終わったところで、あとのふたりとチェック表をつき合わせたとき、エコは思わず息をのんだ。

前川さんと久保くんも、同じ気もちだったらしく、三人はチェック表を見せ合ったままだまりこんでしまった。

前川さんと久保くんのチェック表は○ばかり。

なのに、エコの表はほとんど×ばかりだったのだ。

三人はちょっとのあいだ、気まずく顔を見合わせていたけれど、三組の久保くんが、しかたなさそうにいった。

「じゃあ、一年生の評価を集計しようか」

集計するまでもなく、どの項目にも前川さんと久保くんのぶんとして○がふたつずつついているから、一年生の教室は三クラスとも満点になった。

つぎに三人は二年生の教室に向かったけれど、エコはなんだかもやもやした気もちだった。

……どうしてふたりは〇ばっかりだったの？

黒板が粉っぽい教室もあったし、消しゴムのかすが落ちているところもあったでしょ。机の列なんて、どのクラスもまっすぐじゃなかった。前川さんも、久保くんも、ちゃんとかくにんしてるのかな……。

二年生の教室では、エコは、あとのふたりが気になってしかたなかった。ちゃんと項目ごとにしっかりチェックしているか、思わずちらちらとそっちのほうを見てしまう。いちど、久保くんと目が合ってしまって、むっとした顔をされてしまった。エコはあわてて自分の仕事に専念したけれど、その結果、いっしょうけんめい見れば見るほど、×がふえてしまった。

二年生の教室のチェックが終わったあと、また三人で表を見せ合うと、やっぱりエコの表だけ×ばかり。

「あのう……」

「あのさあ……」

エコと久保くんの声がかぶる。ふたり同時にいいかけて、ふたり同時にだまってしまった。

エコは、自分があとのふたりに「ちゃんと見てる？」といおうとしていたこ

とに、はっとしてだまりこんでしまった。すると、久保くんが、いいにくそうな顔をしながらも、

「大山さん、ちょっときびしすぎない？」

といった。

こまったようにふたりの顔を見くらべていた前川さんも、久保くんがそういうと、いっしょになってうなずいた。

……えっ？　わたしがきびしすぎる？

思ってもみなかったことばに、エコは絶句してしまった。だって、だれがどう見たって、机、まがってたでしょ。床だってかんぺきにきれいとはいえなかったし、黒板の粉受けにもチョークの粉が残ってたし……？

いいたいことはたくさんあるのに、ことばが出ない。くちびるをかみしめたエコを見て、前川さんがあわてていった。

「あの、ともかく、二年生の評価を決めようよ」

○と×の数でいえば、こんどもまた同じことだった。二年生の三クラスも、前川さんと久保くんが○ばかりつけたので、けっきょく全項目が○のパーフェクトスコアとなったのだ。

……これじゃ、順位なんてつけられないよ。

　これでは、四年一組がどんなにがんばったところで、ほかのクラスとの差がつかない。しかも、どの教室もかんぺきにきれいなのであればまだしも、ちゃんとできていないクラスまで満点だなんて。

　もやもやしながらランドセルをとりに教室に帰ると、こんどは自分の教室の机の列が一か所、ほんの少しまがっているのに気がついた。

　あわててかけよると、それは思ったとおり、大沢マサオの机だった。

　……またマサオ！

　思わずため息をついてしまう。

　そのうえ、机の中には今日もくしゃくしゃのプリントやら置きっぱなしの教科書やらがむぞうさにつっこまれている。エコはマサオの机のみだれを直しながら、だんだん心配になってきた。

教室を出るとき、エコは、どの列もきちんとまっすぐになっているか、かくにんしたはずだった。でも、そのあとマサオがもどってきて、自分の机からなにかを出したか、またはつっこんだかしたにちがいない。それは清掃チェックの委員たちが来る前だっただろうか、あとだっただろうか……。

家に向かって歩きながら、エコは、四年一組のチェック表に×がひとつでもつくことを想像して、だんだん気もちがめいってきた。

……ほんとはいつもちゃんとしてるのに……。

たまたまちょっとみだれてしまっているときでなく、いちばんきれいにしているところを見てもらいたい。

清掃週間のときだけがんばるようなクラスに負けるなんて、たえられない。

なんだか、いつもよりランドセルが重いように感じられる、その日の帰り道だった。

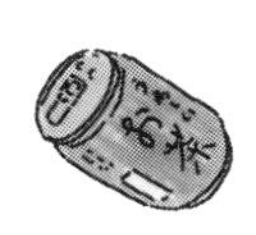

ゆううつなコンクール

その週の木曜日。

教室に花がない日もついに四日目に……なるはずだったのだけど、その朝、岡崎先生の机には、花がかざられていた。

「えへへ、やっぱりお花がないとさびしいから、持ってきちゃった」

そういって、アッピーがてれたようにわらった。

どこかの道ばたからひっこぬいてきたものらしい。それでも、岡崎先生はじゅうぶんうれしそうだったけれど、そのなにかわからない花からは、やたらと粉のような花粉が落ちてくる。先生は、それが鼻にはいるのか、一日中くしゃみをしていた。毎時間ごとにそれをきれいにふきとるエコの鼻もむずむずする。

しかも、よく見ると茎にはアブラムシがびっしりついている。それに気がついた子たちがキャーキャーいいはじめ、給食の時間には給食委員のルミがだまって窓ぎわにうつしてしまった。

帰りの会が終わってから、エコが、アッピーに、

「わるいけど、これ、もうすてるね」

というと、アッピーはがっかりしたようにうなずいた。

エコは「来週からはやっぱりわたしがお花を持ってこよう」と心に決めた。

だって、ママはなにも知らないんだもの。月曜日になれば、いつものようにお花をつくってくれるに決まっている。

教室に花がなくて落ち着かないのは、もちろんエコも同じだ。いや、きっとエコがいちばん気にしてるんだろう。

岡崎先生が最初に「いただいて当然のように思ってはいけません」といってくれたおかげで、もう「どうしてお花を持ってきてくれなかったの？」ときいてくる子はいない。でも、花がないとなんとなく教室が殺風景だし、いつもとちがう、と感じている子はアッピーやエコのほかにもいると思う。

……環境コンクールなんて、なかったらよかったな。

環境委員会の仕事なのに、エコはゆううつだった。

去年までは楽しいと思っていた学校行事だし、はじまるまでは「絶対優勝しなきゃ！」とはりきってもいた。

でも、いまはただ、なんだか気が重いだけだ。コンクールがなければ、「お花を持ってこないで」といわれることもなかったし、ほかのクラスの環境委員とぎくしゃくすることもなかった。マサオに腹を立てることも。

……おじぞうさんのおうちのひとと知り合えたのはよかったけど。

金崎さんのおばあさんは、エコが置いた花がきっかけで、おじぞうさんをきれいにしてあげるようになったといっていた。それは、ゆいいつよかったと思えることだ。

でも、それ以外はうれしくないことばかり。今日もほかの学年の教室をチェックし、自分の教室もチェックされるのだと思うと、それだけで気がふさいでくる。

それでも、決められた仕事をしないわけにはいかない。放課後エコはまたクリップボードを持って、前川さん、久保くんといっしょに五、六年生の教室をまわることになった。

やりかたはもうきのう教えてもらったから、三人はそろって五年一組の教室からはじめる。

①　床にゴミが落ちていないか。

②　黒板はきれいに消されているか。

…………

きのうと同じ項目をひとつひとつかくにんしながら、エコはなんだかめんどうくさくなってきた。

……前川さんと久保くん、ちゃんと見てるのかなあ……。

ふたりともいいかげんに見ている感じではないのだけど、手もとを見ると、また○ばかりつけているように見える。

……わたしもぜんぶ○にしちゃおうかな。

つい、そんなことを考える。自分がほかのクラスに○をつければ、自分の教室にも○がつくような気もする。

でも、①の欄に○をつけようとしたとたん、床に落ちているちいさなゴミが目にはいってしまった。

……こんなちいさなゴミだから、ふたりは気がついてないのかも。

そうでなければ、少しくらいはしかたないと思っているのかもしれない。

たしかに、きのうチェックした六つの教室も、だいたいはきれいだったのだ。

三十人以上が朝から午後まですごす広い教室に、ひとつもゴミがないようにするのはむずかしいかもしれない。

……でも……うちのクラスにはゴミなんて落ちてない。

そもそも、そうじが終わってみんなが帰ったあとの床は、きれいになっていなければいけないではないか。

エコはやっぱり×をつけた。
黒板も、黒板の粉受けも、机の列も、けいじ物も、よく見れば多少のよごれやみだれがある。

……ちょっとくらい、っていうのを見のがすんだったら、コンクールの意味なんてないよね。

自分のクラスの心配は置いといて、やっぱり評価は公平でげんみつでなければいけない、と思う。
でも、結果はやっぱり、前川さんと久保くんはほとんど○、エコの表だけがほとんど×。そして、三人の評価を合わせれば、どのクラスもけっきょく、たいていの項目で○をもらうことになったのだった。

ショッキングな金曜日

つぎの日は金曜日。清掃週間の最終日だ。

この日は、四年生から六年生までの各クラスの環境委員九名が、「清掃週間」のたすきをかけて、学校中を歩きまわることになっている。委員たちにとっては、結果発表の日よりもきんちょうする時間だ。商店街のミニコミ誌の人たちが写真をとりにくるし、ケーブルテレビの人もたすきをかけて歩く委員たちをうつしにくるからだ。番組づくりのために、環境コンクールの採点のようすをビデオカメラにおさめておくのだ。

このときになって、エコは教室に花を持ってこなかったことを後かいした。写真とビデオのさつえいがはじまったのが、ちょうど四年生の教室をまわっているときだったからだ。

……ママのお花がテレビにうつればよかったのに。

そう思ったら、なんだかかなしくなってきた。

いまからでもおじぞうさんのところに走っていって、とってこられないかな。などと思ったりしたけれど、つぎの瞬間、それすらふっとぶようなものが目にはいった。

四年一組の教室をチェックしている環境委員長・福田さんの手もとが、あきらかに×をつけているように見えたのだ。

……うそっ!!

廊下の窓から見ていたエコは、思わず教室にかけこみたくなった。今日はマサオの机もちゃんとまっすぐにしてあるはずなのに！

でも、自分のクラスをチェックしているところにはいってはいけないし、なによりも、取材の人や先生たちがいるところに飛びこんでいく勇気などない。

エコは、じりじりしながら、チェックが終わるのをまった。

そして、みんなが出ていったとたん、四年一組の教室にかけこんでいった。

教室には岡崎先生ひとりが残っていた。先生は、まっかな顔で走りこんできたエコを見て、びっくりしたような顔をした。

「お、大山さん、どうしたんですか?」

エコは、先生の声をきいたとたん、泣きだしたい気もちになった。

「×が……×がついてたんです。いま六年生が書いてたのが見えました。そんなはずないのに。あたし、ちゃんとかんぺきにきれいにしていたのに」

いい終わると、ほんとうになみだが出てきてしまった。岡崎先生は、おろしながら、なぐさめるようにいった。

「大山さんのがんばりはわかっていますよ。いつも教室をきれいにしてくれてありがとう。黒板も、床も、机の列も、いつも気もちよくととのえてくれて、かんしゃしています。

あっ、もしどこかに×がついたなら、そうじのあとでだれかがなにか落としたのかもしれないし、取材のひとが机とかずらしちゃったのかもしれませんね。ともかく、大山さんのせいじゃないですから……」

でも、先生がいろいろいってくれればくれるほど、エコのなみだはあふれてきてしまう。

……だれのせいとかじゃなくて……そんなんじゃなくて……ただ、×がついたのがいやなの。○ばっかりじゃないのがゆるせないの。

そういいたい気もちで胸がいっぱいになる。

でも、いったい「なにがゆるせない」のか、「だれがゆるせない」のか、自分でもわからない。×がついたのはマサオのせいだろうか。それともほかのだれかの……？

「コンクールのことは気にしなくていいですよ。取材に来ているのは学校の取り組みについてであって、どのクラスが優勝するかということは関係ないんですから……」

そのなぐさめも耳にはいらない。

……わたしはコンクールのために教室をきれいにしていたわけじゃない。

こういうときだけがんばるクラスといっしょにしないで！

心のなかでさけびながらも、これ以上先生をこまらせたくなくて、エコはなみだをふき、おじぎをして教室を出ていった。心配そうな岡崎先生の視線を、せなかに痛いほど感じながら。

お花はどこへ

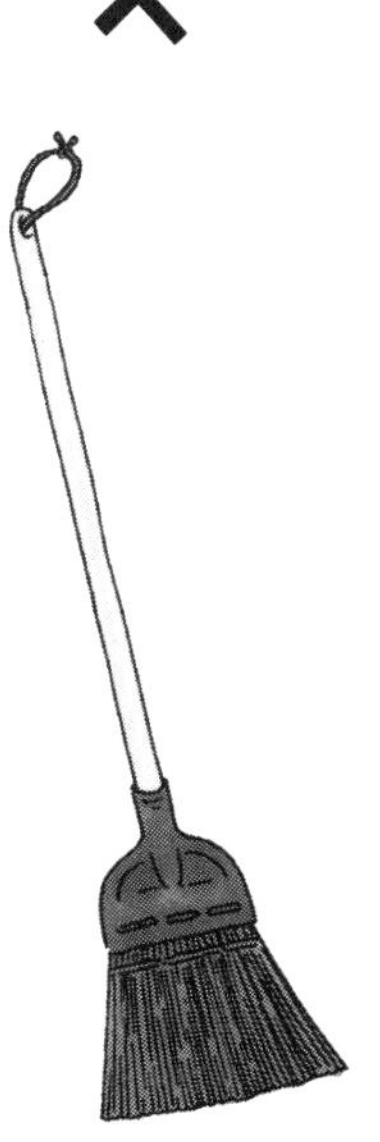

その日、エコはランドセルをしょってとぼとぼと帰りながら、ふとおじぞうさんのことを思い出した。
ものいわぬはずの石のおじぞうさんだけど、だからこそエコがいちばんいってもらいたいことをいってくれる気がする。
ところが、金崎さんの家のへいのところまで来ると、エコは、はっとして立ち止まった。きのうまで、いや、けさまであったはずの花がない！
からっぽの花立てには、雨水さえたまっていなかった。

おじぞうさんは、あいかわらず目をとじたままほほえんでいるけれど、エコは、ぼうぜんとしてその場に立ちつくした。

……お花はどこへいったの？

まだかれてはいなかったはずだ。でも、たしかに少しずつ弱ってはいた。金崎さんのおばあさんが毎日水をとりかえてくれたみたいだけど、やっぱりちょくせつ日のあたらない教室の中とちがって、外の空気にさらされているここでは、しおれるのもはやかったのかもしれない。

……おじぞうさん、ごめんなさい。

いまごろ花はゴミ箱にすてられているのだろう。リリとヒカルのいったことばがよみがえる。「お花って、最後はけっきょく生ゴミになるでしょ」

エコの花は、教室のゴミにはならなかったけれど、ちがう場所でやっぱりゴミになってしまった。

おじぞうさんにも、もうしわけないような気もちになる。おじぞうさんをよろこばせたつもりになっていたけれど、はじめは、花を教室に持っていきたくなかっただけだった。

エコは、おじぞうさんの花立てを、「ゴミになるもの」の置き場にしてしまっただけだったのかもしれない。

その晩、夕ごはんを食べ終わったあと、エコはママとならんでお皿をあらっていた。エコにはふたりのお姉さんがいて、三姉妹は毎日順番にお皿あらいのてつだいをする。だから、三日にいちどエコに順番がまわってくるわけで、今日がその日にあたっていた。

食後の流しには、よごれたお皿だけでなく、野菜の皮や切れはしもあって、最後にそういう生ゴミをまとめてすてるのも当番の役目だ。

エコは、じゃがいもやにんじんの皮を集めながら、ふと横に立っているママにいった。

「ねえ、売れ残ったお花って、やっぱり生ゴミになるの？」

ママはけげんそうな顔でエコのほうを向いた。

「……なるべく売れ残らないように、花たばやアレンジメントにしたり、残りそうなときはサービス品として割引したりしてるけど……どうして？」

エコは、ちょっと肩をすくめた。きかないほうがよかったかな、とも思ったけれど、きいたからには、なんのせつめいもしないわけにはいかない。

「うーん、なんとなく、どうするのかな、って思っていたんだけど。

たとえば、造花だったらいつまでもきれいなままでしょ？　でも、ふつうのお花はすぐにかれるじゃない？　野菜とかは皮以外のところは食べるからいいかもしれないけど、お花はかざるだけで、どんなお花もみんなかれるから……そしたら、けっきょくぜんぶゴミになるのかな、と思って」

いいながら、ママが気をわるくしないかと心配になる。じっさい、話しているエコ自身もあまりいい気分ではない。でも、今日はなんだかきかずにはいられなかった。

ママは、ちょっと考える顔をしたけど、すぐにいった。

「ゴミって、なんなんだろうね」

「え？」

エコはびっくりしてききかえした。ゴミは……ゴミでしょ？

でも、ママは、ちょっと眉根にしわをよせて、お皿をあらう手を止めた。

「たぶん、人間がいなかったら、この地球上にゴミはないよね」

「……？」

「お花は、ほんとうはかれてもゴミにはならないんだよ。種を残して、土にかえる。そしてその土にまた花がさく。植物がかれても、動物が死んでも、みんな土にかえって、新しい命のもとになるの。神さまがつくったものは、なにひとつむだにならないし、地球をよごしたりしない。だから、ほんとはゴミなんてないはずなんだよね。あるとしたら、そのゴミは、ぜんぶ人間が出してるんだよ。

花がゴミになるとしたら、人間が切って、売ったり買ったりしているからだね。野にさく花はかれてもゴミにはならないんだから。そう考えると、なんだかお花にもうしわけない気もちにもなるね……」

毎日生きたお花をあつかっているママは、日ごろからそういうことを考えているのかもしれない。

「ゴミを出したくなかったら、人間がいなくなるしかないのかもね」

ママはそういうと、また蛇口をひねってお皿あらいをはじめた。

エコは、前にテレビで見た「宇宙デブリ」のことを思い出した。

宇宙デブリというのは宇宙空間にあるゴミのことだ。

宇宙には、もともとゴミなんかないはずだった。星や惑星以外はなにもない、きれいな空間だった。ところがいまでは、衛星やロケットのかけらが大量に放置されていて、それがものすごい速さで地球のまわりをびゅんびゅんまわっているという。番組では、それをなんとか回収してかたづけようという活動のことをやっていたけれど、まったく追いついてなくて、宇宙デブリと呼ばれる宇宙ゴミはどんどんふえているのだとか。土にかえることもなく、ほかのなにかに生まれかわることもなく、永遠に同じところを飛びつづけているゴミたち……。

……それこそ、人間がいなかったら、なかったはずのゴミだよね。

「ゴミを出したくなかったら、人間がいなくなるしかない」というママのことばは、エコの気もちをいっそう重くした。

四年一組の教室がかんぺきにせいけつで、×なんてひとつもつかないようにするためには、教室からだれもいなくなるしかないんだろうか……。

優勝のゆくえ

つぎの週の月曜日の朝、ママはまたクラスのために花を持たせてくれた。

「はい、今週のお花。アジサイとクレマチス。それにスノーボールの組み合わせ。すてきでしょ」

ちいさいけれど上品な色合いの花たばだ。エコは受けとって、ちょっと香りをかぐように顔を近づけた。

「ありがと」

花たばを持って出ると、登校班の小さな子たちがよってきた。

「わあ、きれい！」

「見せて見せて」

クラスのみんなもこんなふうによろこんでくれるかな、と思いながら歩いていると、少しは気もちが明るくなってきた。

エコはまた自分の顔を花たばに近づけた。

やっぱりお花って、きれいだ。花をかたちづくる一枚一枚の花びらをじっと見つめていると、生命のふしぎにおどろかされる。どうしてこんな色になるんだろう、どうしてこんなかたちをしているんだろう、どうしてこんなうつくしいすがたをしているんだろう、と思う。そして、この世界って、いったいだれがどうやってつくったんだろう、という神秘みたいなものを感じてしまう。

少なくとも、この世界は人間がつくったわけじゃない。でも、だれがつくったにしろ、もとから地球にあるものはゴミじゃないんだ。

「神さまがつくったものは、なにひとつむだにならないし、地球をよごしたりしない」ってママがいってた。

……そう。お花はゴミになるんじゃない。土にかえるんだ。

もし、こんどだれかに「ゴミがふえる」っていわれたら、そういおう。そう思ったら少し元気が出た。

そのうえ、金崎さんの家に近づくと、エコをもっと元気にしてくれるものが目にはいった。

おじぞうさんの花立てに、新しい花がさしてあったのだ。

それも、エコが持っているのと同じ、アジサイとクレマチスとスノーボール！

……ママのお店で買ってきてくれたんだ！

思わず金崎さんちのインターホンを鳴らしてお礼をいいたくなった。でも、金崎さんはエコが生花店のむすめであることは知らないはずだ。先週おじぞうさんの花立てに花を入れたのがエコであることも。

エコは金崎さんにすべて話したい気もちと、このままひみつにしておきたい気もちを半分ずつかかえながら、うきうきと学校への道を歩いていった。

さて、学校では、清掃週間が終わって、表面的には青空小学校全体も四年一組も落ち着きをとりもどしたように見えた。でも、コンクールの結果発らだ。

表と表彰がまだだし、そのあとのミニコミ誌の発行やテレビの放送もこれか
ほかのみんなも気になるらしく、ピョンタなどは、朝から、

「環境コンクール、優勝してるかなあ。テレビでインタビューされたいんだけどなあ」

とさわいでいた。

「うちのクラスが優勝したら、インタビューされるのはエコに決まってるでしょ」

女子のリーダー・ナビ子がすかさずツッコミを入れる。ピョンタは鼻をこすりながら、

「まあ、そうだけど」

と、いきなりトーンダウンして、まわりのわらいをさそっていた。

エコはきこえないふりをしていたけれど、急に胸がどきどきしてきた。優勝はしたい。でも、インタビューなんてはずかしくて、絶対にいや！　もしそうなったら、本気でピョンタにかわってもらおう。もしかしたらピョンタは「コンクールのときだけ、そうじがんばりました」なんていっちゃうかもしれないけど。あ、でも、そしたら、はずかしさをわすれて、「わたしは環境委員として、毎日ちゃんときれいにしています！」なんてさけんじゃうかもしれない。

……だけど……。

それより気になるのは、最終日の清掃チェックで福田さんがつけていた×のことだ。いったい、どの項目で？　ほかの六年生はどうだったの？

福田さんひとりだけならいいけれど、もし、もうひとり同じ項目に×をつけていたら、そこは×の評価になってしまう。毎日全項目がオール○でなかったら、優勝はできないんじゃないかな……。

優勝したいのかしたくないのか自分でもわからなくなってきたけど、ともかく発表と表彰がいつなのかが気になる。

その日は月曜日だったので六時間目が委員会活動の日だった。

ところが、環境委員会でも、環境コンクールの成績発表がいつなのかという話は出なかった。清掃チェック表はみんなたんとうの山田先生にわたしたから、エコたち環境委員が各クラスの評価を知ることもできない。もちろん自分のクラスの採点結果も。

エコは、またもやもやした気もちで学校を出た。でも、帰りがけに金崎さんの家の前をとおったら、きれいな花をそなえてもらったおじぞうさんが、おだやかな顔でほほえんでいるのが見えた。

（おじぞうさん、さようなら）

と、心のなかでおじぞうさんにあいさつしたら、

（さようなら。気をつけてお帰り）

とこたえてくれたような気がした。

結果発表

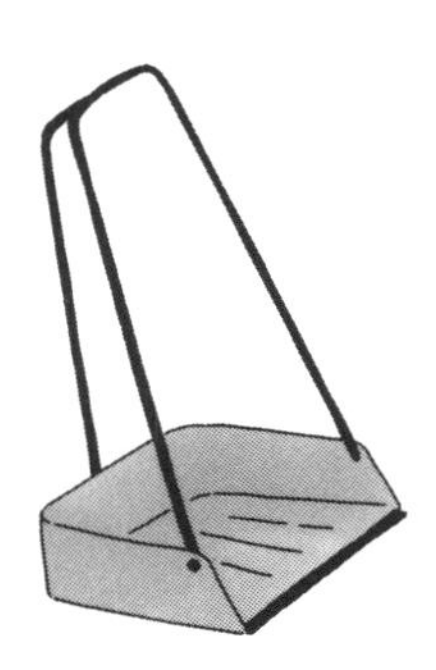

つぎの月曜日。
朝礼で、環境コンクールの結果発表があった。
四年一組は優勝していなかった。
優勝は六年二組、準優勝は六年一組、そして四年一組は、六年三組と同点三位だった。
クラスのみんなの反応はわるくなかった。

　アッピーはうれしそうに「三位ばんざーい！」とさけんでいたし、ピョンタは「うわあ、優勝インタビューはなしかあ」とぼやきながらも、そんなに残念そうには見えなかった。

　でも、その日の昼休み、エコは、がっかりして結果発表のけいじの前に立ちつくしていた。

　……どうして？　いつだって教室はかんぺきにせいけつできちんとしていたはずだったのに、どうして優勝してないの？

　エコは、清掃チェックをしたとき、ほかの学年のどのクラスも自分の教室ほどきれいでないのをその目で見ていた。というより、四年一組の教室は特別にきれいなのだ。エコが毎日ぞうきんでふくからいつだって湖のように深い緑色をしている黒板、チョークの粉ひとつ落ちていない黒板の粉受け、消しゴムのかすもえんぴつの芯も落ちていない床、くもりのない窓……。

四年一組にかなうクラスはない。

エコは、そのことをじっさいに確認し、ゆるぎない自信をもっていた。なのに、どうして……？

……こんなの不公平だ。わたしは毎日すみからすみまで、うちの教室をきれいにしてたのに。

岡崎先生がいうように、そうじのあとでだれかがゴミを落とした？　それか、わたしが帰ったあと、だれかがはいってきて机の列をみだしたとか？

いつもそうじのときに、ホウキをギターのかわりにしてふざけているピョンタの顔がうかんだ。でも、ピョンタは優勝したがっていたから、清掃週間のあいだだけは、いっしょうけんめいそうじにはげんでいただろう。

……やっぱり、三位だなんて、なっとくできない！

エコは、そう思ったいきおいで、だいたんにも、×をつけた福田さんの教室まで行ってしまった。

でも、六年生の階の廊下まで行くと、エコのいきおいは急にしぼんできた。

そのとき、

「あ、エコちゃん」

と声をかけてくれたひとがいた。ピョンタのふたつ上の姉のマサコだ。

「どうしたの？　うちのクラスのだれかに用事？」

マサコのクラスは、優勝した六年二組だ。福田さんも。

「あのう……」

もじもじしながら、どうしようかとまよっていたところに、ちょうど当の福田さんが出てきた。

「あ、四年一組の大山さんだよね。環境コンクール三位おめでとう。あなたのクラス、とってもきれいだったものね」

そういわれて、エコはとまどいながらもお礼をいった。

「ありがとうございます。あの、六年二組も優勝おめでとうございます」

「うん。おたがいよかったね」

となりでマサコもうん、うん、とうなずいている。

……わたしはちっともうれしくないのに……。

そう思ったら、くやしなみだが出そうになったので、エコはあわててぺこりとおじぎをすると、くるりとせなかを向けてしまった。

「あれ、エコちゃん、だれかに用事じゃなかったの？」

マサコがうしろから呼びかけてくれたけれど、エコはそのまま階段をかけおりてきてしまった。

その日の六時間目は委員会活動の時間だった。

エコは、福田さんの顔をまっすぐに見られなかった。環境委員長の福田さんは、はりきってコンクールの結果を報告したあと、

「どのクラスも、とてもよくがんばっていたと思います。青空小学校の環

境コンクールは、毎年商店街のミニコミ誌やケーブルテレビでもとりあげられる行事です。学校がこれからも気もちよくせいけつな場所であるように、みんなでがんばっていきましょう」

といってしめくくった。

そのあいだも、ずっと下を向いていたエコは、自分のクラスが三位に終わった原因をずっと考えていた。

やっぱり大沢マサオのせいにちがいない。

ほかに思い当たることがないもの。

わたしはあんなに毎日がんばっていたのに、たったひとりのせいで三位になってしまった……。

……おにいちゃんのヨシオのほうがうちのクラスだったらよかったな。

エコは、小さいころ、ふたりの名まえをまちがえないために「良い子のヨシオと、そうでないほう」とおぼえていた。

だらしのないマサオの机を見ると、エコはいつもため息が出てしまう。ひとの机の中までかたづけるわけにいかないから、手は出さないけれど、もしかしたらマサオの机から落ちたなにかが減点の対象になったのかもしれない。

……マサオがいなかったら優勝してたのかな。

六年二組には、マサオみたいなひとはいないんだろうか。

わたしがいくらがんばっても、ほかのひとがちゃんとしてくれないなら、むだなのかもしれない。

そう思うと、エコはなんだかむなしくなってきた。

なんだかさびしい思いでげた箱のところまで行くと、ちょうど保健委員会が終わって出てきたアッピーが見えた。アッピーもエコを見つけて小走りに向かってくる。

「ヤッホー、エコ！　うちらもちょうど終わったとこ！　いっしょに帰ろ！」

アッピーはいつもハイテンション。落ちこんでいたりつかれていたりするようすを見せることがめったにない。

（アッピーって、いつも元気だな）

アッピーのえがおを見ると、いろんな心配ごとがふっとぶ気がする。エコは思わずにこっとした。

「あれ、エコ、なんかいいことあった？　あ、わかった！　環境コンクールで三位になったからうれしいんだね！」

アッピーがむじゃきにそういったけれど、エコは首を横にふった。親友のアッピーになら正直な気もちをいってもいい気がする。

「三位なんてうれしくないよ。ほんとは優勝したかった。マサオにじゃまされなければ、絶対一位だったのに。あいつ、ヨシオとちがって、いっつもちらかしてるんだもん」

アッピー相手の気楽さと、ふたごとおさななじみのよしみで、ついぐちをいいたくなる。

するとアッピーは、びっくりしたように目を見ひらいた。

「え、でも、優勝は六年生、って決まってるじゃん。環境コンクールはいつだって六年生が一位から三位独占だよ？　だから、四年一組が六年生と同点三位って、すごいことなんじゃないの？」

「えっ!?」

それをきいたエコは、その場でかたまってしまった。

「そんなの……ひどい！」

優勝は六年生と決まっていた!?

そんな出来レースのために環境委員たちは一週間清掃チェックをしていたんだろうか？　放課後残って、いっしょうけんめい○×をつけたというのに!?

「そんなこと……優勝は六年生ってこと……前から決まってたの？」

思わずこわい顔になってしまった。アッピーは大あわてだった。

「えっ!? い、……いや、そんなことないよ。そういうわけじゃないだろうけど、毎年六年生が優勝してるからそう思っただけ」

アッピーのことだから、「そう思った」というのは「三位がすごい」ということだろう。エコは、いそいではなをすすってえがおをつくった。

「そうだよね。ごめんごめん。優勝できると思っていたものだから、つい……ちょっとがっかりしちゃって。ピョンタも優勝してインタビューされるの楽しみにしてたし」

するとアッピーもにこっとわらっていった。

「うん。でも、マサコちゃんのクラスだから、きっとピョンタもよろこんでるよ」

「そうだね」

それからふたりは、くつをはいてとちゅうまでいっしょに帰った。

もやもやしたものは残ったけれど、同じ「三位」も、いろんな見方があるんだな、とエコは思った。

環境委員やめたい

アッピーと別れたあと、エコは歩きながら考えた。
去年も三年一組は三位だった。ということは、それは今年以上にすごいことだったのかもしれない。
持ちあがりのクラスだから、おふざけモードのピョンタも、だらしないマサオも、もちろんいた。それでも、三年生で「三位」だった。あまりおぼえていないけど、優勝はやっぱり六年生だったんだろう。
そう、去年はあまり気にしていなかった。自分のクラスが何位で、優勝したのがどのクラスだったかなんて。

なのに、今年こんなに環境コンクールの結果にこだわってしまうのはどうしてなんだろう。


……環境委員になんて、ならないほうがよかったのかも。


そうだ、環境委員になってなかったら、なやむことはなかったのだ。

お花を毎週持っていくこともなかっただろうし。そしたら、「持ってこないで」なんていわれてきずつくこともなかった。

ママにひみつをつくることもなかったし。

清掃チェックもしなくてすんだし。それなら二組の前川さんや三組の久保くんと気まずくなることもなかったし。

六年生の福田さんにもやもやすることもなかったし。

コンクール三位もアッピーみたいにすなおによろこべたかもしれないし。

数えあげると、うれしくないことばかり思い出してしまう。環境委員になってよかったことより、わるかったことのほうが多いみたいな気がする。


……環境委員、やめたいな。


クラス委員って、とちゅうでやめること、できるんだろうか。

エコはほかの委員の顔を思いうかべた。ほかにも委員をやめたいと思っている子はいるだろうか。

はりきってぜんぶの委員に手をあげた保健委員のアッピー。

中学受験に有利だからといった学級委員のショウタ。

モデルの仕事より給食委員活動に燃えているルミ。
クラスのみんなが放送委員にすいせんしたピョンタ。
いきもの博士の飼育委員アキラ。
図書室だいすきの図書委員ホン子。
体育がにがてなのに、あえて体育委員に立候補したトモくん。
委員でも委員でなくても女子のリーダー格である計画委員ナビ子。
どの顔ぶれを見ても、クラス委員をとちゅうでやめたいと思っているように見えない。

……名まえだけで委員に立候補しちゃったなんて……。

いま思うと、名まえがサエコでニックネームがエコだからといって、

「エコだから環境だよ！」

などと調子のいいことをいってしまったことがはずかしい。

いちばん先にアッピーにたすけ船を出したつもりでいたけど、けっきょくいちばん先に脱落してしまうかもしれない。

……みんなちゃんとがんばってるのにな……。

エコもがんばらなくてはいけないいだろうか。でも、なんだかがんばってもむだなような気がする……。

くよくよしながら歩いていると、金崎さんのおばあさんが、おじぞうさんの前にしゃがんで手を合わせているのが見えた。

声をかけてはいけない気がしたけど、かといってだまって通りすぎるのも気がひけて、エコはどうしていいかわからず立ち止まった。

すると、気配を感じたのか、金崎さんは目をあけて立ちあがり、こっちを見た。

「あら、こないだの……」

いいかけて、金崎さんは、エコの名まえを知らないことに気がついたようだった。

エコは思わず、

「四年一組の大山サエコです」

と自己紹介した。いってから、「四年一組」はいらなかったかな、とちょっと顔が赤くなった。

金崎さんはにこにこして、

「サエコちゃん。いいお名前ね。どういう字書くの?」

ときいてくれた。

「あの……『花が咲く』の咲くっていう字に、『恵みの子』です」

漢字のせつめいをするときはこういいなさい、とママにいわれたとおりにいってみる。

すると、金崎さんは感心するように何度もうなずいた。

「そう。『花が咲く恵みの子』で咲恵子ちゃん。ほんとにいいお名まえ」

おせじでなく、そう思ってくれているようなので、エコはうれしくなった。

「ありがとうございます」

心からのえがおがこぼれる。おじぞうさんの花立てに、ママがつくったらしい花がきれいにさいているのもうれしい。

エコの視線に気がついたのか、金崎さんも、おじぞうさんと花のほうをふりかえって、しげしげと見つめた。

「なんだかねえ。ここへ来て急に、このおじぞうさんが大事に思えてきちゃったのよ。だから、花も新しく買ってきておそなえしたの。

もうじき、これもなくなっちゃうからかもしれない、っていうときになって、ねえ。ほんとに、どういうことなんだか。いままで、なくなることもそれほど残念には思ってなかったのに」

半分はひとりごとのようだった。でも、エコは思い切ってきいてみた。

「あのう……このおじぞうさん、どうなるんですか？」

すると、金崎さんは、うーん、と考える顔になった。

「そうねえ。どこかのお寺で引き取ってくれるといいんだけど、そんなあてもないしねえ。

有名なひとがつくったとか、なにかいわれでもあればいいんだろうけど、そういうのもないから……よくわからないけど、どうしようもなかったら、けっきょく最後は粗大ゴミ、ってことになるのかしら」

……えっ⁉

……おじぞうさんまで、「ゴミ」⁉

「あ、あの、おじぞうさん、って石でできてるんですよね？」

考えるより先にことばが口をついて出た。

「石って、ひとがつくったものじゃないですよね。あの、ママが……じゃない、母がいってたんですけど、『神さまがつくったものはゴミにならない』って。あ、あれ？　おじぞうさんだから仏さまなのかな？」

自分でもなにをいっているのかわからなくなってきた。エコは、顔中がほてってまっかになるのがわかった。

「いえ、あの、なんでもないです。ごめんなさい。さようなら！」

そういうと、エコは、はずかしさのあまり、逃げるようにダッシュで走りだしてしまった。

「あ、サエコちゃん!?」

せなかに金崎さんの声がきこえたような気もしたけど、エコはそのまま家まで走って帰ってしまった。

その夜、エコはおじぞうさんの夢を見た。

広いいなかのたんぼ道のようなところに、おじぞうさんがぽつんと立って

いる。

まわりにはだれもいない。家も、ひとのすがたもない。

でも、おじぞうさんのまわりには、きれいに花がさき、頭のうえでは鳥が歌っている。

やがて日がくれて、空が赤くそまり、夕暮れのなか、だれも見ていないところで、おじぞうさんはくずれていなくなる。

その風景のなかには、エコ自身もいないのだけど、どこか空のうえのほうからそのけしきを見ているようだった。

目がさめてからエコは思った。

夢のなかのあの場所に、ゴミはひとつもなかったな、と。

マサオとヨシオ

つぎの日、学校に行くと、大沢マサオの席に兄のヨシオが大きなマスクをつけてすわっていた。

「あれ？　ヨシオ、どうしたの？」

ふたごの両方とおさななじみのエコが声をかけると、ヨシオは、「しいっ」というようにひとさし指を口の前で立ててみせた。

マスクを鼻のうえまであげて、なんだかあやしい。

どうやら、ないしょで入れかわっているつもりらしいけど、まるばれなん

じゃ……？　と思っていると、うしろからはいってきたアッピーが、

「あれ、マサオ、今日カゼ？」

と大きい声でいった。

ヨシオがだまってうなずくと、まわりのみんなも「ふうん、そうなんだ」

という感じで、とくになにもいわない。

ピョンタだけが、

「マサオがおとなしいとちょうしくるっちゃうなあ」

といったけれど、そうこうするうちに、岡崎先生がはいってきて、授業がはじまってしまった。


　ヨシオはそのまま四年一組で一時間目と二時間目の授業を受けていたけれど、二十分休みに岡崎先生に呼ばれて出ていった。

やっぱり先生にもばれていたんじゃないかとエコは思ったけれど、ほかのみんなは気がついたようすはなかった。少なくとも、二十分休みにいっしょに遊んだ女の子たちはなにもいっていなかった。

校庭で遊んでもどってくると、三時間目にはマサオがもどっていた……ように思われる。でも、同じようにマスクをしたまま、おとなしくしている。服もくつしたもそっくりおそろいだし、エコは、だんだんどっちがどっちだかわからなくなってきた。

いままでふたごの区別がかんたんについていたのは、雰囲気がぜんぜんちがっているからだということに、エコははじめて気がついた。

そして、カゼをひいたせいなのか、みょうにものしずかでぎょうぎのいいマサオは、なんだかマサオでないような気がするのだった。

その日の昼休み、エコは岡崎先生に呼ばれた。

なんだろう、と思って先生のところまで行くと、みんなが外に遊びに行ってしまったあとの教室で、先生は、にこにこしながら近くのいすをすすめてくれた。

エコはそこに行ってすわろうとしたけれど、とちゅうで机の列がまっすぐでないことが気になって、そこを直してから先生の前まで行った。

エコがいすにすわると、岡崎先生は、まじめな顔になっていった。

「大山さん、環境コンクールの結果を気にしているんですか？」


……えっ⁉

そんなこと、だれにもいってない。ママにもしゃべってない。いったとしたら……。

……アッピー⁉

エコはなんだかうらぎられた気がした。アッピーは、大すきな岡崎先生の気を引きたくて、そんな話をしたんだろうか。

「……アッピー……じゃない、加藤さんが、そういったんですか？」

エコがうつむいてぼそっというと、岡崎先生はびっくりした顔をした。

「加藤さんが？　いいえ。加藤さんからはなにもきいていませんよ」

エコは思い切って顔をあげた。

「じゃあ、どうしてそう思うんですか？」

すると、岡崎先生はしずかにほほえんでいった。

「このごろ大山さんの元気がなかったので、どうしたのかなと思っていたんです。

それに、清掃チェックで六年生に×をつけられたといって、かなしそうにしていたので、環境コンクールの結果を気にしているのかと思ったんです」

エコは、岡崎先生の前で泣いてしまったことを思い出して、急にはずかしくなった。

「いえ、そんなことは……」

だまってしまったエコに、先生はやさしくいった。

ない、とはいえない。

「じつはね、もっとはやくいえばよかったのかもしれないんだけど、あの日、六年生の環境委員は、四年一組の教室の清掃チェックで、だれも×をつけていなかったんですよ」

……えっ!?

いや、そんなはずはない。福田さんの手もとは、あきらかに×のしるしをつけていた。

「…………」

エコが考えこんでいると、岡崎先生は、ちょっとてれくさそうに頭をかいた。

「いや、×がついたときいて、先生も気になっちゃってね。なにかいけないところがあったかな、と思って教室を見てまわったんだけど、大山さんのおかげでどこもかしこもきれいだったし……おかしいなと思って山田先生にあの日のチェック表を見せてもらったら、六年生の環境委員三人とも、全項目

○をつけてくれていたんですよ」
……福田さんも？


なんだかキツネにつままれた気分だったけれど、それは、まあ、いい。

それよりも、どうしてあのあとすぐでなく、今日わざわざ呼ばれたのかが気になる。ついでに、教室はきれいだったのに、なぜ優勝できなかったんだろう、ということも。ほかのときに×がついていたんだろうか。

もじもじしているエコに、岡崎先生は、やさしくいった。

「環境コンクールの順位は、清掃チェックだけで決まるわけではないんですよ。校長先生はじめ、青空小学校の先生や職員のみなさんが、ふだんからのようすも見てまわって、総合的に決めるんです。優勝しなかったからといって、そのクラスの教室がきれいでない、ということではないですよ」

それから、岡崎先生は、ちょっとせきばらいをしてから、いいにくそうに切り出した。

「……今日、大沢マサオくんと、となりのクラスのふたごのヨシオくんが入れかわっていたのは、気がついていましたか？」

エコは、うなずきながら、思わず首をかしげた。


……それが、なにか……？


すると、先生も、そうですか、というようにうなずいていった。

「じつは一時間目まで、先生は気がついていなかったんだけど……大沢さんにしてはなんだかおとなしいな、とは思っていたんです。でも、マスクをしていたし、ぐあいがわるいのかな、と思って、そっちのほうが気になってました。二組の大沢さんと入れかわっているとは、まったく思いませんでした。でも、二時間目になって、さすがにいつもとちがいすぎるし、おかしいなと思いはじめました。それで、二十分休みに呼んでみたら、やっぱりヨシオくんでした」

エコは目をぱちぱちさせた。それで、どうして自分が呼ばれたんだろう……？　ふたりのおさななじみではあるけれど、今日のいたずらにはかかわっていないのに。

そんな疑問がつたわったのか、岡崎先生は、ようやく本題にはいった。

「マサオくんがいるから、環境コンクールで優勝できなかった、といいましたか？」

エコは、はっとして顔をあげた。

「いえ、その……」

いってない、とはいえない。思わずアッピーに本音をもらしてしまったから。でも、先生はアッピーからはなにもきいていないといっている。じゃあ、どうして……？

「きこえちゃったんだそうです」

「え？」

「きのう、げた箱のところで、大山さんが話しているのを」

「…………」

だまりこんでしまったエコに、岡崎先生は、やさしくほほえんでいった。

「大沢さんは、ほんとうに大山さんのことを大切に思ってるんですね」

……え、どっちが？

とまどっているエコの心の声がきこえたのか、先生は、それに答えるように、

「両方ですよ」

といった。

「話をきいていたのはマサオくんです。そして、ヨシオくんに、『おれがクラスにいるとエコをこまらせてしまうから、四年一組からいなくなることにする。だから、入れかわってくれ』といったそうですよ」

エコは思わず下を向いた。

ひざのうえにぽたぽたとなみだが落ちてきた。

大沢きょうだいからはどういうわけかよく泣かされる。ちいさいときからずっとそう。

そして今日もまたマサオに泣かされた。でも、これまでとはぜんぜんちがうなみだだった。

テレビのインタビュー

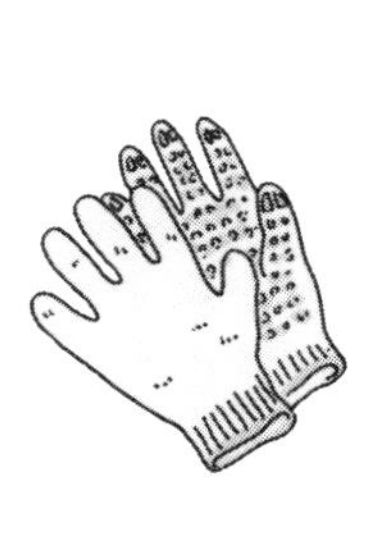

マサオはその日一日、マスクをはずさずにおとなしくしていた。

帰りの会のあと、エコはげた箱のところでマサオをまっていた。

「いっしょに帰ろ」

エコがいうと、マサオはびっくりしたように目を見ひらいたけれど、なにもいわずにくつをはきかえた。

「ぐあいわるいみたいだから、送ってくよ」

エコがいうと、すなおにうしろからついてきた。大山家と大沢家は、登校なる。

班はちがうものの、ご近所さんだから、どっちみち同じ方向に帰ることに

「今日の夕方、放送があるよね」

エコは歩きながら、ふりかえってマサオに話しかけた。もちろん環境コンクールを取材に来たケーブルテレビのニュースだ。今日の昼休みに六年生の教室にインタビューに来ていたことは学校中が知っている。

「……見るの？」

マサオがマスクの下でぼそっといった。カゼのふりをしているからか、いつものうるさい声でなく、ささやくようにしゃべっている。

「もちろん！」

エコは明るくいった。

「うちの学校が出るんだから、見るに決まってるでしょ！」

するとマサオは、ほっとしたような顔をしたあと、なにかいいかけたけれど、エコがずんずん前に歩いていくと、そのままだまってついてきた。

おじぞうさんの前まで来ると、エコは立ち止まっていった。

「ちょっとおいのりしてくからまってて」

マサオは意外そうな顔でいっしょに立ち止まった。

「え、おいのり、って？」

うっかりしたのか、いつものマサオの声にもどっている。エコはにこっとしていった。

「マサオのカゼがはやくなおりますように、っておいのりするの」

そして、おじぞうさんの前にしゃがんで、手を合わせた。

（マサオが元気になりますように。

マサオともヨシオとも、ずっとなかよくしていられますように）

エコが立ちあがってふりむくと、マサオはマスクをはずして、にやっとわらった。

「なおった！　すげえききめ！」

エコはいっしゅんきょとんとしたけれど、つぎの瞬間、ぷっとふきだした。

それを見たマサオも、いっしょになってわらいだした。

おじぞうさんが、びっくりしたように片目をあけてふたりを見あげた……ような気がした。

その日の夕方、エコはほんとうに楽しみな思いでテレビの前のソファにすわった。

「今日のトピックス」のコーナーになって、青空小学校の校舎がうつると、自分が出演するみたいにドキドキしてくる。

まっさきにインタビューされていたのは、ピョンタの姉のマサコだった。

「……環境コンクールは、一年生のときから楽しみなイベントでした！　ちっちゃいときは、四年生以上のおにいさんおねえさんが教室を見にくるのがうれしかったものです！」

マサコは、ピョンタと同じく、人前に出るのがすごくすきらしい。テレビカメラを向けられても、はずかしがることなく、よどみなくしゃべっている。自分はあそこでインタビューされなくてよかった、と、ひっこみじあんのエコは心から思った。

そのあと、つぎからつぎへといろんな六年生が登場し、マサコほど堂々としていなくても、ひとりずつていねいに、黒板のそうじのしかたをせつめいしたり、けいじ物がはがれたときは気がついたひとがすぐに直すことを話したりしている。

エコはしばらく感心して見ていたが、清掃チェックのようすが流れはじめたとき、思わず身を乗り出した。四年一組の教室がうつっている。そして福田さんの手もとは……○をひとつつけたあとで、やっぱり×をつけているように見える。

……どういうこと……？

そのあと、福田さんのインタビューもあったけれど、エコはつづきがいっさい頭にはいらなくなってしまった。

……福田さん、やっぱり×つけた？

番組は、あとでパパやママも見るからと、録画してあった。エコは、思わず何度も同じところを再生しては、福田さんの手もとばかり見つめてしまった。

つぎの週、エコは福田さんといっしょに花だんの水やり当番をした。

「福田さん、テレビ見ました。とってもよかったです」

ほんとは福田さんのインタビューのところはほとんどきいていなかったけれど、エコがそういうと、福田さんはにっこりわらって、

「ありがとう」

といってくれた。

やさしそうなひとだから、清掃チェックのこと、きいちゃってもいいかな、と思ったけれど、勇気が出ない。ぐずぐずしているうちに水やりも終わり、

「はい、サインして」

と、当番表をさしだされた。

エコがサインをしてかえすと、福田さんもサインをした。その手もとを見て、エコは思わず、

「福田さん、その書き順……」

と口走った。福田さんは、福田の「田」を書くとき、○を書いて、その中に十を書いたのだ。

福田さんは、エコにいわれててれたようにわらった。

「ああ、これね、ついクセで……。『福田』って漢字書くのに、『田』を二回も書かなきゃなんないでしょ。めんどくさいから、つい○の中に十書いてすませちゃうの」

……じゃあ、あのとき×を書いたみたいに見えたのは……福田さんが自分の名まえをサインしたものだったのだ。○と×を書いたように見えたのは、福田の田の字だった。


その日の帰り、エコはまたおじぞうさんに会いに行った。

（こないだは、おいのりをすぐにきいてくれてありがとうございました）

心のなかで話しかけると、なんでもわかってもらえている気がしてくる。

（ねえ、あなたはもうすぐ粗大ゴミにされてしまうの？）

おじぞうさんのおかげでマサオとも「雨ふって地かたまった」し、こんなにご利益があるんだということを、金崎さんの息子さんに知ってもらう手はないかなあ……。

（どうか、金崎さんちの気が変わって、おじぞうさんがゴミにされませんように）

手を合わせていのっていたら、まるできこえたみたいに金崎さんのおばあさんが出てきた。

「あら、サエコちゃん、こんにちは」

「あっ、金崎さん、こ、こんにちは……」

エコは、あわてて立ちあがりながら、前に会ったとき、逃げ帰ったようなかたちになったことを思い出して、顔を赤くした。

でも、金崎さんは、そんなことは気にしていないようで、むしろエコの手をにぎらんばかりにかけよってきた。

「ねえ、このおじぞうさん、こわさなくていいことになったのよ」

「え？　ほんとですか？」

エコは思わず大きな声を出してしまった。すごいききめ。またおいのりがすぐに通じた!?

金崎さんは、エコの心の声がきこえたかのように、大きくうなずいた。

「なんだか急に大事に思えるようになったから、このままにしておきたい、って息子にいったのよ。こわすことに決まったとたん、だれかがお花をそなえてくれたり、とおりがかりの子どもがおがんでくれるようになったりしたから、って。あ、その子どもって、サエコちゃんのことよ」

（お花をそなえたのも、わたし）

エコは思ったけれどいわなかった。げんみつにいうと、そなえたわけではないからだ。

……でも……。

エコが花を花立てに入れなかったら、金崎さんのおばあさんはおじぞうさんのまわりをきれいにしなかっただろう。そうじをして、手をかけなかったら、大事に思えるようにもならなかっただろう。

そして、金崎さんが新しい花をそなえなかったら、エコも手を合わせることはなかっただろう。おじぞうさんにおいのりしなかったら、マサオとのなかも修復できなかっただろう……。

エコがおじぞうさんをすくい、おじぞうさんがエコをすくってくれた。

そして、ことのすべては、エコが環境委員になったところからはじまったのだ。

わるいことばかり、と思ったことが、はんたい側から見たらいいことのきっかけだった。

……これからも環境委員がんばろう！

エコは心からそう思った。

よい環境をつくるひけつ

エコは、家に帰ると、もういちどケーブルテレビの番組を見直した。福田さんのインタビューをろくに見ないまま、「よかったです」なんていったことがはずかしくなったのだ。

こんどちゃんと感想をいえるように、と、最後までしっかり見たら、コーナーの終わりのほうで、「環境委員長　福田マキさん（六年生）」というテロップつきで、福田さんがアップで出てきた。ミニコミ誌の取材班が、にこやかに福田さんに問いかけている。

「環境委員長の福田さん、学校がいつもきれいであるひけつはなんだと思いますか？」

すると、福田さんは、はにかみながらも、はきはきと答えた。

「ひけつは……みんなが協力しあって、おたがいにかんしゃしていることだと思います。よい環境は、ひとりでつくれるものではないからです」

レポーターは、満面の笑みでカメラのほうを向くと、

「すばらしい環境委員長のコメントでした！　わたしたちおとなも、みんなで協力しあって、この世界の環境をよくしていきましょう！」

としめくくった。スタジオの四十代くらいの男性アナウンサーも、それを受けて、まじめな顔でいった。

「そうですね。よりよい環境は、みんなで努力してつくっていくものですからね。『よい環境は、ひとりでつくれるものではない』。小学生の福田さんの

ことば、われわれおとなも肝に銘じていきましょう。

それでは、つぎは『まちで見かけたすてきなお店』のコーナーです……」

エコは、テレビのスイッチを切ったあとも、しばらくソファのうえにまるまっていた。

……環境委員長はすごい！

エコは、四年一組が優勝できなかった理由がわかった気がした。

花のない教室が殺風景だったからでもないし、マサオの机がまがっていたからでもない。

エコひとりでがんばっても、クラスの環境はよくなっていなかったのだ。

だって、かんぺきでないのをだれかのせいにしていたから。かんしゃされて当然だと思っていて、だれにもかんしゃしていなかったから。なんでもひとりでやろうとしていて、ほかのひとを信用していなかったから。
「これ以上どうしたらいいかわからない」って思ってたけど、答えはすぐそこにあったのだ。

ゴミひとつないことがパーフェクトな環境だと思ってた。でも、なにもかもが土にかえる世界はもう来ない。それが来るとしたら、この地球上にひとがひとりもいなくなるときだ。

エコは、夢に見たけしきを思い出した。あれはかんぺきな世界だった。でも、なんだかさびしいけしきだった。花がさいても、だれも見ていない、鳥がさえずっても、だれもきいていない。おじぞうさんはそこで、だれからもかえりみられないまま、くずれおちていった。

それに、いま人間がいなくなったとしても、世界はもうもとにはもどらない。だれもいなくなってもゴミは残る。これからロケットや衛星をつくることがなくなったとしても、すでにある宇宙デブリは、これからも永遠に地球のまわりをまわりつづけるではないか。


じゃあ、どうしたらいいんだろう。

おじぞうさんに「世界の環境問題を解決して」っておいのりしても、すぐには、ききめはないだろう。

でも、たぶん福田さんは正しい答えをいったのだ。おとなも知らない答えを。あの取材班も、アナウンサーも、だれも気がつかないうちに。

……「みんなが協力しあって、おたがいにかんしゃしている」

それ以上にすてきな環境は、きっと、ない。

ゴミひとつなく、だれひとりいない教室よりも、ずっと楽しくていごこちのいい場所がある。

ひとがひとりもいないところは、きっと「環境」ではないのだ。

エコは、テレビで見た、宇宙デブリをへらそうと努力をしているひとたちのことを思った。あのひとたちは、きっと生きてるうちに目的を果たすことはないだろう。

それから、自然のいとなみを切ることになやみながらも、花を届け、ひとの生活をうるおしているママ。

子どもたちひとりひとりを気づかい、心配しながらも、少しはなれたところから見守ってくれている岡崎先生。

かたづけをがんばるより、クラスからいなくなろうとした単細胞のマサオ。

おじぞうさんをどうしていいかわからなくて、粗大ゴミにしかけた金崎さんのおばあさん。

そしてなにより、委員をとちゅうでやめようとした自分。

みんな、なやんだりまちがえたりしながら生きている。正解はすぐそこにあるかもしれないのに。

でも、エコははじめてそれをうつくしいと思った。

神さまがつくったものはゴミにはならない。

そして人間だって神さまがつくったのだ。人間が人間をつくることはできなかったはずだもの。なやんでもまちがえても、いなくなっていいはずがない。「＋」が「×」に見えることがあっても、そのはんたいもきっとある。

なにもかもが○ばかりじゃなくてもいいじゃない。

そう考えたら、「もやもやエコ」からそろそろ卒業できるかな、と思うエコなのだった。

いろいろ委員会からアドバイス!

かたづけがにがてなマサオへ

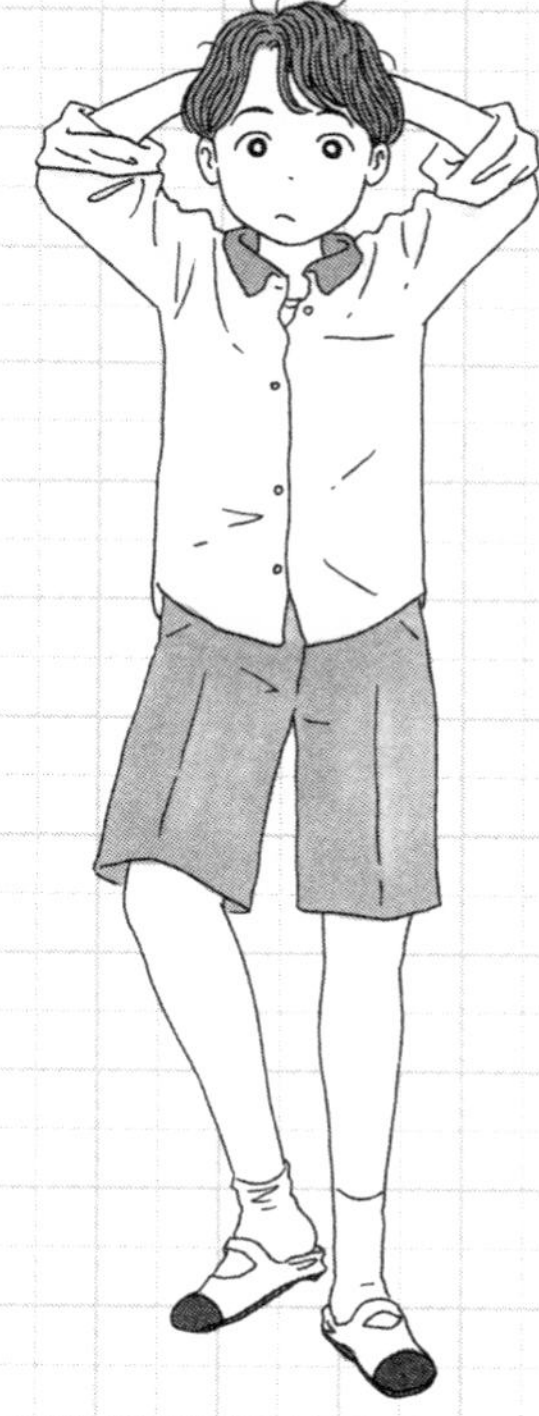

学級委員ショウタから

持ちものにはぜんぶ名まえを書くといいよ。消しゴムを落としても、だれかがひろって届けてくれるからね。

保健委員アッピーから

持ちものには名まえをつけるといいよ。愛着がわいて、だいじにしたくなるから。
まえにサケのたまごにエイちゃん・ビイくん・シーちゃん、って名まえをつけたら、とたんにかわいく思えたもの。生まれたらだれがだれだかわかんなくなったけどね。じつは生まれるまえからよくわかんなかったけど。
ちなみに、あたしのランドセルは「花ちゃん」。すみっこにチューリップのもようがついてるから。そしてふでばこは「あおちゃん」。青いから。これって、お別れするときかなしいのが欠点だけど、そのぶんたいせつにするから、長く使えておすすめだよ。

図書委員ホン子から

持ちものは、同じ大きさのものをまとめるとすっきりしますよ。
あと、机のうえにいろんなものがのっかってるときは、大きいものを下にして、うえに重ねていってね。あいているスペースが大きくなるだけでも、かたづいた気がします。
本がちらかっていても、重ねたとたんにきちんとした気がするからふしぎです。教科書やノートでもやってみて!

体育委員トモくんから

ころがっていきやすいものは、箱やかごに入れておくといいよ。
ちなみに、校庭用のボールのカートは、6学年各3クラス分のボールがぴったりはいるようになってるんだ。まるいボールもたて横きちんとおさまると、安定して、すごく気持ちがいいんだよ。

給食委員ルミから

どんなにいそがしくても、朝ごはんはぜったいぬかないでね。
ねぼうしたときは、立ったままでもちゃんと食べて。一日のはじまりにエネルギー補給しておけば、リズムのいい生活ができるよ！ 給食前にきげんがわるくなるのも、最小限におさえられるしね。

計画委員ナビ子から

ものの置き場所を決めておいて、使ったらすぐにそこにもどすといいよ。
来た道をもどればまいごにならなくてすむように、持ちものも、あったところにもどせばなくなることがないはずだから。

ふたごのきょうだいヨシオから

学校から帰ったら、ランドセルの中身をぜんぶ出すといいよ。そうすれば、宿題やお手紙をわすれることがないからね。まるめたハンカチや、使ったティッシュがたまることもなくなるし。
ついでに、えんぴつもそのときにけずっておけば、つぎの日にこまることはないんだよ。

環境委員エコから

みんなからのアドバイスをぜんぶ実行したら、生まれ変わったみたいにすてきなマサオになっちゃうね。きっと毎日がもっともっと楽しくなることでしょう。
でも、そうなったらヨシオと区別がつかなくなって、ちょっとさびしいかも。

あっ、ともかく、なにもかもいっぺんにかんぺきにしようとしなくていいからね。
できるところからひとつひとつやってみて。
最初にやってほしいのは、机の列をまっすぐにすることかなあ?

作

小松原宏子

こまつばら ひろこ／東京都生まれ。青山学院大学文学部英米文学科卒業。児童文学作家。大妻中学高等学校英語科講師。多摩大学グローバルスタディーズ学部講師。家庭文庫「ロールパン文庫」主宰。著書に『ホテルやまのなか小学校』（PHP研究所）『ナゾときサイエンス サバイバル』（金の星社）『キューピー・キューティー・キューピッド』（静山社）「名作転生」シリーズ（共著、Gakken）ほか、訳書に『スヌーピーと、いつもいっしょに』（Gakken）「ひかりではっけん」シリーズ（くもん出版）『不思議の国のアリス&鏡の国のアリス〈ミナリマ・デザイン版〉』（静山社）など。

あわい

東京都生まれ。武蔵野美術大学卒業後イラストレーターに。Web広告、書籍・雑誌の装画や挿絵、似顔絵などの制作を手がける。誠文堂新光社イラストノート誌「第14回ノート展」準大賞受賞。

［ジュニア版］

青空小学校いろいろ委員会9

環境委員(かんきょういいん)はもやもやする

2024年5月8日　初版発行

作者　小松原宏子

画家　あわい

発行者　中村宏平

発行所　株式会社ほるぷ出版

〒102-0073 東京都千代田区九段北1-15-15

電話03-6261-6691

印刷・製本　中央精版印刷株式会社

装丁　アルビレオ

編集　荻原華林

　ISBN978-4-593-10373-7